W0283571

Envoyez la Brav-M sur ces imbéciles !

SeuilLibelle

ISBN 978-2-02-154995-9

www.seuil.com

Quentin Faucompré
Catherine Meurisse
François Olislaeger
Cyril Pedrosa
Iris Pouy
Nathalie Quintane
Loïc Sécheresse
Fanny Taillandier
Aurélie William Levaux

Merlin et la Brav-M

TEXTE **FANNY TAILLANDIER**
DESSIN **IRIS POUY**

Un escadron motorisé à l'assaut d'un feu de poubelle // « force restera à la démocratie » // 4 000 munitions en deux heures contre 6 000 personnes // « les factieux » // « si vous croyez que ça me fait plaisir » // ce n'est pas parce que les prévenus ont été relaxés qu'ils étaient pour autant innocents // une légion d'honneur pour Jeff Bezos // cent milliards d'euros pour la guerre // 17 000 lits d'hôpital en moins depuis 2000 // « notre identité, c'est le dépassement » // « l'Élysée réfléchit à un déplacement pour reprendre contact avec le pays » // le président de la confédération des évêques de France s'alarme de la mise en cause des processus de concertation prévus par les institutions // un tiers des oiseaux ont disparu en France // terrorisme intellectuel // augmenter le volume global du travail // « Il n'y a pas de coup de force, il y a juste une utilisation des outils démocratiques » // moyens pour faciliter le licenciement de syndicalistes grévistes // « Attention aux jeunes » // la réforme répond aux attentes des Français // les Français sont contre à 80 % // l'affaire du siècle // nous avançons dans le bon sens //

Pour comprendre l'absurdité politique dans laquelle le pays se trouve depuis maintenant quelques lustres, et de façon criante depuis quelques mois, il faut peut-être sortir de la logique philosophique qui a prévalu depuis le début de la modernité, selon laquelle l'intérêt public serait la somme des intérêts privés, ou l'intérêt général celle des intérêts particuliers. Car ce modèle, hobbesien ou rousseauiste selon la dose de cynisme qu'on y injecte, repose encore sur une notion dont le nôtre est absolument dépourvu : l'équilibre. Ces intérêts divers sont censés se pondérer les uns les autres, et le modèle se fonde ainsi sur un idéal analogue à l'assiette du funambule, qui avance grâce aux poids égaux qui le retiennent de la chute.

Or notre pouvoir n'a que faire de l'équilibre, pire, il l'abhorre : l'objectif n'est pas l'équilibre, mais l'excédent.

C'est que le projet de ceux qui nous gouvernent est comptable : il doit donc être rentable. Il faut dégager du bénéfice. La réforme de la retraite, tout comme celles des hôpitaux, des écoles, tout comme les grands projets d'aménagement – lignes grande vitesse, rocades, mégabassines et méthaniseurs, zones logistiques et surfparks – ont un but en commun : dégager du bénéfice. C'est la même chose. Si c'est plus visible dans les projets d'investissement, c'est simplement parce que nous autres, les gens, avons tendance à oublier que nous-mêmes sommes dans cette logique des unités comptables aussi bien : que nous produisons ou consommons de la richesse. Nous ne sommes pas des intérêts particuliers, nous sommes des objets économiques.

Comptez donc : sur 68 millions de Français, en 2023, 18 millions ont plus de 60 ans, et 16 millions d'autres ont moins de 20 ans. Ça n'en fait plus que 34 millions en âge de travailler. Un sur deux. On imagine sans peine que la richesse produite par celui qui est productif sera dépensée par celui, jeune ou vieux, qui ne l'est pas. On pourrait penser qu'ainsi les choses sont à l'équilibre : on pourrait penser que l'équilibre est la clé de voûte du monde – mais ce n'est pas ce que pensent ceux qui nous gouvernent. Ils veulent l'excédent. D'où les décisions à prendre : sortir 4 millions de Français de l'âge de la retraite (la tranche des 60-64 ans) pour qu'ils entrent dans l'équipe qui bosse, et obtenir donc 38 millions d'actifs sur 68 millions de Français : balance excédentaire.

Le projet est cohérent, total : accaparer l'eau pour exporter du maïs : balance excédentaire. Affamer les vieillards dans les maisons de retraite : balance excédentaire. Supprimer des classes d'école, baisser l'indice de rémunération des éducateurs : balance excédentaire. Supprimer les bureaux de poste, privatiser la voirie, développer les fermes-usines : balance excédentaire. Cochons, poules, routes, humains, minéraux, trottinettes et fil à coudre, même combat : l'objectif, c'est l'excédent.

Il faut donc aussi tout de suite sortir d'un second a priori, qui serait que nos gouvernants ne se tiennent qu'à la logique systématique. Il faut leur reconnaître une eschatologie. Vision paradisiaque de l'eschatologie comptable : la production de bénéfices nets modèle le paysage, openfields à perte de vue, irrigués en cercles entre des coins de terre brûlés. Des machines passent dans le grondement vague de l'air, moissonneuses-batteuses, trains grande vitesse, avions, foreuses, SUV climatisés. D'immenses entrepôts, blocs blancs sous le soleil brûlant, dispatchent des colis dans toutes les directions. Plus loin, des villes vides sortent de terre par la magie de chantiers insomniaques. Sur de multiples écrans circule l'information : mouvements des ressources et des capitaux. La vie est un bilan comptable excédentaire. Cela est juste et bon.

***

Notez qu'avec ces savants calculs, nous avons déjà engrangé, disent les gouvernants, le score remarquable de 10 millions de pauvres. Balance nettement excédentaire. Heureusement, leur pauvreté n'empêche nullement les bénéfices – au contraire : les pauvres travaillent très bien, on ne le dit pas assez. Il suffit de les voir trimer sur les chantiers, faire le ménage au milieu de la nuit, sans contrat bien souvent. Discrets, avec ça : ils se terrent dans des coins, pas du genre à râler en manif. Quelque part, ils seraient presque un modèle.

Car voilà : le gros problème que rencontrent les gouvernants, c'est les gens. Les gens ne veulent pas être excédentaires. Les gens veulent l'équilibre, ces ringards. Ils réclament un avenir où les vieux peuvent se reposer sur les jeunes, et où les jeunes peuvent faire confiance aux vieux pour préserver, autant que possible, les ressources du monde qu'ils leur laissent. Voilà comment ils voient un pays, ces naïfs : une succession de générations où celle qui se trouve dans la force de l'âge élève les plus jeunes et s'occupe des plus vieux, en attendant de devenir vieille à son tour. Ce qui est la définition même, non pas d'un pays, mais de l'espèce humaine : prendre soin, chacun à son tour, du bien reçu, pour le transmettre ; en échange, pouvoir se reposer. Maintenir en d'autres termes les choses à l'équilibre.

C'est quand même fou d'être aussi peu rationnel, s'étonnent ceux qui nous gouvernent, et par rationnel ils entendent comptable. C'est quand même fou de souhaiter le repos pour ses parents alors qu'ils pourraient produire des bénéfices, se stupéfient-ils ; d'imaginer qu'il est important de prendre du temps, alors que le temps c'est de l'argent, s'estomaquent-ils ; de croire que la nature doit être préservée, alors qu'on n'a pas fini de lui prendre ce qu'elle a dans le ventre, la garce ! finissent-ils par s'exclamer, rouges de colère. Les gens sont hallucinants, quand même ! ils veulent des forêts, des oiseaux et des rivières, ils veulent du temps libre, des fleurs pour le docteur et des repas de famille. Alors qu'ils pourraient dégager des profits ! Envoyez la Brav-M sur ces imbéciles ! Et boum, on se prend la Brav-M.

***

Peut-être les gens sont-ils trop enfermés dans une vision du monde – une cosmologie – fondée depuis la nuit des temps sur le cycle : celui des saisons et celui des étoiles, celui des naissances et des morts, des fleurs et des cendres. À leur décharge, toutes les civilisations en dehors de la nôtre (si tant est qu'elle en soit une) se sont fondées sur de telles visions. « Ma conviction, dit Socrate, c'est en premier lieu que, si la terre est au centre du monde et avec la forme d'une sphère, elle n'a besoin, pour ne pas tomber, ni de l'air, ni d'aucune autre semblable résistance ; mais il y a assez pour la maintenir de la similitude, en tous les sens, du monde avec lui-même. » Le lien de parenté, qui implique avant tout de s'occuper des anciens et de nourrir les plus jeunes, est au fondement de l'anthropologie. Les études préhistoriques ont mis en évidence, partout où l'archéologie a pu mettre au jour des vestiges, le culte double de la terre et du soleil, c'est-à-dire du cycle des saisons et des jours. C'est peut-être pour ces raisons que les gens exigent que les vieux ne se tuent pas à la tâche, ou que l'eau appartienne à tout le monde.

C'est dire, donc, que le différend est d'ordre imaginaire – non pas imaginaire au sens d'irréel, mais au sens, quasi inverse, de cette faculté humaine de se représenter le réel, de lui bâtir un sens, de l'inscrire dans un ensemble de représentations cohérentes qui forment un récit. Celui de ceux qui nous gouvernent est un récit comptable ; le nôtre ne l'est pas.

Au lieu des contes, ils ont leurs comptes. Mais quelle est la seule histoire que la balance excédentaire peut raconter ? Celle du pillage et de l'invasion, celle de la conquête violente. Nous ne sommes pas dupes : il se passe sur notre sol ce qui s'est déjà passé sur le sol d'autres gens, dans d'autres contrées, à l'instigation des mêmes qui nous gouvernent : pillage et conversion forcée des terres à des usages extractivistes – excédentaires –, répression de mouvements réclamant des droits tels que le repos, l'égalité, la vie digne. Notre résistance n'est que la suite d'autres résistances, toujours à recommencer.

Car l'excédent de la balance ne se trouve pas sous le pied d'un cheval : il faut le prendre de force. C'est pourquoi dissoudre la Brav-M ne peut pas être à l'ordre du jour : il faut mener la guerre, et en premier lieu, la guerre contre les gens, adeptes de l'équilibre et non de la croissance. Voilà qui explique la vision paradisiaque de l'eschatologie comptable : un monde entièrement machinal, c'est-à-dire où les humains ne sont appréciables que dans la mesure où ils effectuent des tâches productives. Évidemment que les vieux, comme les malades, comme les enfants, comme les fous, sont de trop dans ce monde-là.

***

À cet imaginaire nous les gens opposons un récit autre, qui court à travers les siècles et les continents. Et ce qui est intéressant, c'est ce que ce récit multiple met en scène : il y a toujours, dans nos histoires, le personnage sans âge, qui connaît le cycle du monde. C'est Merlin, depuis le VIe siècle : prophète et homme des bois, il connaît le passé et l'avenir, vit dans les forêts, chevauche le cerf et entend la langue des oiseaux. C'est lui qui fait les rois légitimes, au premier rang desquels le célèbre Arthur ; c'est lui aussi qui dit, dans ses *Prophéties*, genre de best-seller multi-plumes du Moyen Âge : « Les temples seront ornés de dorures, mais les épées combattront toujours [...]. Les hommes, se détournant des cieux, baisseront les yeux vers la terre. Les étoiles les abandonneront et ne suivront plus leur course habituelle. La colère des astres entraînera la perte des moissons et la sécheresse, car l'eau du ciel ne tombera plus. »

C'est son descendant spirituel, Yoda, vivant depuis 800 ans dans la boue luxuriante d'un marécage de la planète Dagobah, qui seul connaît le moyen de se servir bénéfiquement de la Force, et qui dit au jeune Padawan Luke, dès les premières minutes de leur dialogue : « Personne par la guerre ne devient grand. » Ou encore sa version animale (quoiqu'il affirme ne pas être un babouin), Rafiki, le sage singe du baobab dans *Le Roi Lion* de Disney : présent à la naissance de chaque génération royale, il permet la transmission de la couronne des lions et contribue à défaire l'usurpateur du pouvoir, sauvant le royaume de la sécheresse et de la famine. Rafiki qui déclare, sentencieux : « Regarde au-delà de ce que tu vois. »

Ou alors, aussi bien, car nos contes vont gaîment de Disney à Euripide, Tirésias : le devin de la cité de Thèbes a été doté par Zeus d'une vie de sept générations. C'est lui qui affirme la légitimité de Dionysos comme divinité tutélaire de la ville, alors que le prince Penthée s'en défie. Dionysos se vengera de cette défiance en rendant les femmes de la ville violentes et furieuses, et Penthée se fait arracher la tête dans la forêt. Pourtant Tirésias l'avait averti : « Crois-moi, Penthée ! ne pense pas que la puissance seule domine les hommes ; ou, si tu penses ainsi, et c'est là une vaine pensée, ne te crois pas sage. »

Il y a encore, loin dans notre mémoire, les Volves, cousines nordiques des Moires grecques, que l'historien Tacite décrit comme des femmes âgées, vêtues de blanc : ces magiciennes aux qualités prophétiques et chamaniques que consultaient les peuples au nord de l'Elbe et du Danube, pour savoir s'il fallait ou non mener bataille. Elles sont appelées Nornes, les tisseuses, dans les textes anciens scandinaves, et gravent dans l'arbre du cosmos le destin de chaque enfant à naître : « les filles / Savantes en toutes choses, [...] Elles ont fait les lois / Elles ont fixé les vies / aux fils des temps / elles énoncent le destin. »

Ainsi est peuplé notre monde : d'êtres à mi-chemin entre la nature sauvage et la science absolue, entre l'éternité et la naissance, dont les mots donnent sens à nos actions et les inscrivent dans des cycles. Voilà à quoi ceux qui nous gouvernent opposent leur vision comptable. Autant dire qu'ils ne convainquent personne : le bénéfice net a bien peu pour séduire, en face d'un récit regroupant le monde et le mystère du temps, le rythme des vies et celui des chansons qui les racontent. Nos contes proposent autre chose que le monde vide : un monde de générations : ce même mot qui relie la naissance (engendrement) à la terre (genèse, germination) – et puis, tout bonnement, aux gens, c'est-à-dire à nous ; et tout cela, m'apprend le dictionnaire, vient d'une même racine indo-européenne, *-gen*, qui signifie « porter », et qui a aussi donné le mot génie, c'est-à-dire imaginaire. Les gens, la naissance et la mort, la terre, l'idée. Rien de plus, rien de moins. Toutes les histoires du monde en somme.

***

C'est comme ça qu'ils arrivent à regrouper plus de 80 % des gens contre leur projet : parce que nous autres les gens, nous croyons aux histoires de génération, de genèse, de génie, pas aux tristes chiffres.

Ils ne savent pas que nos récits construisent le monde ; ils n'y voient que des contes et ont oublié que ce sont les contes qui nous civilisent. C'est dommage pour eux, d'ailleurs : s'ils savaient les écouter, ils y verraient le lien indissociable entre l'âge et la sagesse, entre la nature et le savoir. Ils pourraient peut-être alors subodorer que leur logique comptable se goure complètement. C'est l'antidote à leur guerre que les contes suggèrent : elle n'advient que lorsque est bafouée l'autorité des sages, anciens voire ancestraux, situés sur la limite entre humain et sauvage, entre cité et divin. Ils ne sont pas capables d'y lire les avertissements qu'ils contiennent : passer outre la sagesse, violer la nature, amène le chaos politique ; ne pas respecter le savoir et le temps engage à n'avoir de pouvoir qu'illégitime.

C'est ainsi que, vides d'imaginaire qu'ils sont, ils ne pensent qu'avec les quads et les bombes, la surveillance de chacun et les interpellations massives, tout le dispositif qui va de la fiche au flingue et dont ceux qui nous gouvernent revendiquent perpétuellement le monopole – ayant oublié que ce monopole se fonde sur une légitimité qu'ils n'ont pas.

Légitimité ; voilà que le dictionnaire m'indique à nouveau une piste. *Lex* vient de *legere*, qui signifie lire à voix haute, et en indo-européen, *leg-*, cueillir. Chez Homère, le mot est employé dans le sens de raconter – ce qui a donné le mot légende. La légitimité, en son sens politique – qui permet le nouveau mot, *lex*, loi – est donc le partage, en public, d'un récit (un recueil) admis par tous les auditeurs. Voilà ce qui fonde en dernière analyse la loi et la légitimité : une croyance commune en la véracité d'un récit. Autant dire que ceux qui nous gouvernent ne peuvent pas y prétendre.

Désolés, gouvernants : Rafiki, Yoda et les Moires sont avec nous, et votre récit n'est cru par personne. La force de la loi, au sens noble de ce qui nous guide collectivement parce que nous y ajoutons foi collectivement, est de notre côté. Désolés, gouvernants : vous pouvez toujours nous envoyer vos robots, vous risquez de n'avoir que davantage de fil à retordre, le temps passant : car Merlin, Tirésias et les Volves vous survivront – vous qui avez oublié que vous êtes, vous aussi, de simples mortels.

CI-CONTRE **QUENTIN FAUCOMPRÉ**

LE TEMPS DES CERISES

PAGES SUIVANTES **AURÉLIE WILLIAM LEVAUX**

Transmettre des connaissances par la relation humaine,
éveiller l'enfant à l'écologie, encourager son émancipation, son développement moteur
et intellectuel par le mouvement, fortifier son sens critique,
préserver sa santé psychique et physique

Nasse folklorique

Énergie verte

La conscience écologique, éduquer le citoyen

PAGES SUIVANTES **LOÏC SÉCHERESSE**

JUSTICE SOCIALE
TAXE DES SUPER PROFITS
ET DU CAPITAL

BLOC CONTRE CRS

ANGLE RUE FLANDRES-DUNKERQUE

A BAS L'ETAT POLICIER
IL FAUT DISSOUDRE DARMANIN
ACAB

13/01
11h
NANTES
SNCF
POLICE

j'ai peur
des FLICS
pas du BLOC

COMMOTION DE CENSURE

MÉGABASSINES : DÉJÀ LE RETOUR DES « PIERRES DE LA FAIM »
« QUI AURAIT PU PRÉDIRE LA CRISE CLIMATIQUE ? » 2023

SI TU ME VOIS
PLEURE
c meurisse

DOUBLE PAGE PRÉCÉDENTE **CATHERINE MEURISSE**
PAGES SUIVANTES **QUENTIN FAUCOMPRÉ**
ET CYRIL PEDROSA (LE GRAND SOULAGEMENT)

FEAR OF GOD
REMPLACER
MACRON PAR
DE PETITES
PELURES DE
CLÉMENTINES
LE GRAND SOULAGEMENT
FEAR OF GOD

REMPLACER
ZEMMOUR
PAR
UN BALLON
D'EAU CHAUDE
LE GRAND SOULAGEMENT

bientôt
dans le 20e !
« EN TANT QU'HABITANT
DU QUARTIER
JE TROUVE CELA INSUPPORTABLE
DE BAIGNER DANS UN NUAGE
DE POLLUTION PERMANENT… »
SIGNEZ LA PÉTITION SUR WWW.CHANGE.ORG
MOINS AU DISCOURS
DE LA MAIRIE JE CROIS! »
SIGNEZ LA PÉTITION SUR WWW.CHANGE.ORG
REMPLACER
MACRON PAR
DE PETITES
PELURES DE
CLÉMENTINES
LE GRAND
SOULAGEMENT

Légendes
REMPLACER
MARINE
LE PEN
PAR DE
LA POLENTA
LE GRAND SOULAGEMENT
REMPLACER
LE
CAPITALISME
PAR UNE
BONNE SIESTE
LE GRAND SOULAGEMENT

REMPLACER
LES
MÂLES ALPHA
PAR
DES OMEGA 3
LE GRAND
SOULAGEMENT

REMPLACER
LE
CAPITALISME
PAR UNE
BONNE SIESTE
LE GRAND
SOULAGEMENT
L
G
S

REMPLACER
DARMANIN
PAR UN
BOUQUET
DE PERSIL

LGS
REMPLACER
BOLLORÉ
PAR UN
APPAREIL
À RACLETTE
LE GRAND SOULÈVEMENT

REMPLACER
DARMANIN
PAR UN
BOUQUET
DE PERSIL
LE GRAND SOULAGEMENT

REMPLACER
MONSANTO
PAR
RIEN
LE GRAND
SOULAGEMENT

REEMPLAZAR
EL
CAPITALISMO
POR UNA
BUENA SIESTA

CI-CONTRE **FRANÇOIS OLISLAEGER**

Je
vais
tous
vous
dissoudre
MEGA BASSINES NON
OLISLAEGER

Sainte-Soline - 76 millions €
Niché au cœur d'un écrin de verdure, bien d'exception avec vue panoramique.
Piscines à débordement de 6 000 000 m³. Travaux à prévoir. Idéal investisseurs.
Service de gardiennage : Gerald D. Group Security

IRIS POUY

Je vais te mettre une balle dans la tête !
BANG

UN POLICIER SE MET À L'AVANT POUR LE STOPPER. LE CONDUCTEUR LUI FONCE DESSUS, LE POLICIER TIRE UNE FOIS. LE CONDUCTEUR, TRÈS CONNU DES FORCES DE L'ORDRE, DÉCÈDE.
BANG
BFM TV.
BFM TV.

Le gamin refuse d'obtempérer avec un casier déjà long et très connu des services de police. Y a peut-être un moment où c'est le sauver aussi que de réinstaurer une autorité très claire dans le pays.
CNEWS
BANG
Déjouez la ville.
Dominez la ville.
Mille pouvoirs, zéro devoir.
De l'audace naît l'excellence.
The best or nothing.
BANG
On ne peut pas imputer à une loi ce qui relève de la formation, de la capacité et du professionnalisme des policiers, du rappel de la police aux règles déontologiques, de l'encadrement qui doit s'assurer qu'elles sont appliquées.
BANG
Il n'y a pas de police violente, il n'y a pas de police raciste.
BANG

CES BAVURES SONT SURMÉDIATISÉES.
BANG
ÇA RIGOLE PLUS, HEIN ?!
BANG
PERSONNELLEMENT, JE M'ÉTOUFFE.
BANG
C'EST LA FAUTE AUX JEUX VIDÉO !
BANG

PAGES PRÉCÉDENTES **LOÏC SÉCHERESSE**

Pedrosa

DOUBLE PAGE PRÉCÉDENTE **CYRIL PEDROSA**

Ambiance

TEXTE **NATHALIE QUINTANE**

Au mois d'août, il y a un nouveau directeur. Il a convoqué tout le monde pour un entretien, c'est l'usage. Le mois dernier, j'ai eu un malaise dans le couloir à cause de la chaleur. J'avais pourtant bien bu à l'entrée et je m'étais arrosée copieusement, sachant que ça aurait tout le temps de sécher. J'avais même essayé de planquer une demi-bouteille dans mon sac. J'enfile un chemisier en pensant à tenir les bras le long du corps pour qu'il ne voie pas les auréoles. Ça y est, je suis dans le premier sas. Je fais coucou à la femme de ménage qui est au contrôle. Elle s'emmêle dans les fils et décroche un téléphone au passage puis trouve le bouton. Je pousse la porte qui reste bloquée. Je fais signe à la femme de ménage, qui appuie à nouveau sur le bouton cette fois-ci sans s'emmêler et je pousse la porte, qui s'ouvre. J'avance dans le hall.

Comme chaque premier dimanche du mois, il y a une exposition sur les discriminations, des A4 et des A3 colorés, avec des arbres, des lacs, des champignons et des renards. Suspendue au plafond, la phrase « Celui qui opte pour la discrimination a perdu. » Je traverse le hall pour accéder au deuxième sas. Il est plongé dans l'obscurité. Je colle mes deux mains en visière à la vitre. J'aperçois la courbe du comptoir et une plante verte. Je cogne au carreau de plus en plus fort. Je regarde à nouveau le comptoir et la plante verte ; elle a de larges feuilles trouées et elle est dans un pot jaune. Le temps d'arriver au premier couloir et au troisième sas je serai en retard, c'est sûr. Je souffle dans ma chemise vers les aisselles et le ventre. À ce moment-là, une ombre passe au fond du sas. Je cogne du poing sur la vitre et elle finit par s'arrêter. Elle m'a vue. Elle se penche, de droite, de gauche, pour éviter les reflets et tâcher de savoir qui c'est. Je fais de même. Je crois reconnaître l'homme à tout faire de l'établissement ; je ne savais pas qu'il était de quart au deuxième sas. Quand il me débloque la porte, je lui dis : « Vous n'étiez pas à la maintenance informatique, cette semaine ? » Il me dit non, et qu'il a du travail. Puis il file dans l'arrière-salle après avoir verrouillé la porte derrière moi.

Premier couloir. Il pue de cette mauvaise colle qu'on utilise pour le papier peint, c'est une infection. Je fonce pour éviter l'odeur et glisse sur une bonne longueur en position basse, les bras écartés pour tenir l'équilibre. C'est la porte du sas qui me stoppe. Au mur de gauche, il y a les lauréats de la Villa Médicis d'il y a quatre ans, seize portraits un peu passés, souriants ou tristes. Je reconnais la cousine d'une amie qui depuis est devenue serveuse dans un bar de nuit. Au mur de droite, un rectangle décoloré, sans doute la trace d'une affiche de prévention, grippe, drogue, Covid ou sida, de celles qu'on a mises et retirées tour à tour, selon.

Cette brève glissade m'a ragaillardie, je sens que l'entretien va bien se passer ! Je presse le premier bouton.
— ...gfrchrzzzaeuillez... hgrafdadd... cliner... titéhgrchchhhch.
Et puis le deuxième.

— grafcvvvv… nnecté… hechgegrax.
Ensuite je mets un bon coup de latte dans la porte du sas, qui s'ouvre. Il n'y a personne, je franchis la cabine d'un pas direction le deuxième couloir. Enfin j'arrive devant la porte du nouveau directeur et je prends une grande inspiration, yeux fermés, gonflant et contractant mon ventre à trois reprises, bien droite. Je replie un index et frappe trois fois. Pas de réponse. Je souffle un bon coup avant de frapper encore trois fois. La porte s'ouvre.

C'est le directeur lui-même. Il est très petit, un mètre cinquante à tout casser. Il me regarde par en dessous, mais je ne sais pas si c'est du fait de sa taille ou du soupçon. Il m'invite à entrer en tendant très loin une main gantée, que je suis jusqu'à la chaise, une chaise en plastique aux formes arrondies qui évoque les années 70 ou 2000. Il a déjà posé sur le bureau un cadre avec la photo d'un petit garçon tourné vers moi. Je m'assois en évitant son regard.
Le directeur me pose la première question :
— Que pensez-vous de la laïcité ou qu'est-ce que la laïcité ?
Je récite.
Il se tait.
J'hésite. Dois-je respecter son silence ou répéter ?
Je répète, en articulant soigneusement.
Il se renfrogne, remue sur sa chaise, tripote la souris.
Il me semble n'avoir oublié rien, aucun mot, aucune date, 1905, 2004, 2016, 2024.
— Donnez-moi un exemple concret, dit-il, un signe.
Je lui parle du voile, du foulard, du chapeau, de la jupe et des chaussures.
— Vous n'oubliez rien ? demande-t-il en tapant de la souris sur son tapis.
Mince. Je cherche. La robe, peut-être ? Trop courte ? trop longue ?
Il tape à nouveau furieusement.
Ah ! Il ne faut pas qu'elle soit trop lâche mais qu'elle encadre les

formes féminines ou masculines sans les mouler excessivement, c'est ça, la laïcité, dis-je assurée dans un gracieux mouvement de la main.

— Mais vous ! dit-il en écrabouillant la souris, VOUS !

Comment ça, moi ? C'est étrange ; je suis venue exactement comme la dernière fois, le texte est le même, les gestes sont les mêmes, mêmes vêtements et même maquillage. Y aurait-il un nouveau texte, passé sans que je m'en aperçoive ?

Il se cale dans son fauteuil tournant sur ses quatre coussins et me regarde intensément.

Non ?! Moi ?

Je regarde mes pieds, mes jambes, je remonte vers mon chemisier à manches longues et la veste que je tiens serrée contre mon ventre, une veste de concours que je tiens de ma mère.

— Alors ?!

Je sens que je commence à transpirer. Il va falloir que je m'en sorte, d'une manière ou d'une autre. La fenêtre est ouverte. Et si je sautais ? me dis-je — je ne risque rien, on est au rez de chaussée.

— Allons, dit-il en couchant son fauteuil, vous savez que nous sommes tous les deux dans une institution bienveillante et je suis badin ; je vais vous donner un indice : votre veste.

Je caresse et replie correctement la veste de ma mère, d'un beau vert sapin.

C'est ça !

Il a raison.

C'est cette veste qui ne va pas, cette veste la fautive, la méchante !

— Vous savez, vous pouvez tout à fait l'amener chez le teinturier, dit-il en me tendant un bol tibétain plein de bonbons bios dans lequel je pioche.

— Quelle bonne idée ! dis-je en suçant mon bonbon, par contre, je ne vois pas bien le rapport avec la laïcité, j'ajoute en glissant un doigt entre deux dents, là où ça colle.

— Vous ne pouvez pas savoir le nombre de fois où on m'a fait cette remarque, à l'oral, par écrit… Je n'en peux plus ! J'ai reçu plus de huit mille mails depuis trois semaines rien que sur cette question… Et est-ce que ça peut être teint, pas teint, parce que vous savez j'y tiens, c'est pas que j'y tiens mais… Je suis épuisé. Littéralement. Et il s'aplatit une mèche sur le front puis commence à ronfler, la tête dans sa main.

— VOUS N'AVEZ PAS UN SECRÉTAIRE ? je demande un peu fort.

— Écoutez ! Je vous parle avec bonhomie, non ? dit-il en se réveillant.

— Oui… Bien sûr…

— Est-ce que je vous parle avec bonhomie ?

— Mais oui !

— Vous savez ce que ça veut dire, *bonhomie* ?

— Oui… Ça veut dire… gentillesse.

— Non.

— Ah oui ! Plutôt, disons, amabilité.

— Débonnaireté. Dé-bon-nai-reté. Voilà ce que ça veut dire, bonhomie.

— D'accord.

— Qu'est-ce que c'est encore que ce *d'accord* ? Vous vous croyez où ? Je vous trouve un brin désinvolte, madame.

— Oh ! Non non ! Vous êtes tout à fait débonnaire !

— Quand je pense que je vous avais préparé un petit goûter. Enfin. Le rapport, si vous voulez tout savoir, c'est que c'est un cavalier, un cavalier législatif qui date d'il y a trois mois. Vous n'en avez pas entendu parler ?

— Ça me dit vaguement quelque chose.

— La fois où ils étaient tous en vert, vous vous rappelez ?

— Le même vert, en plus, vous avez raison.

— Et donc, par ce cavalier, on a légiféré un peu plus largement quant à la tenue dans les collectivités publiques-privées.

— Un vert de camouflage !

— Non. Un vert de camouflage, ce serait un vert kaki ou un vert de gris, par exemple.

— Oui mais tout de même, c'était pour se camoufler, j'ajoute en tâtant des dents ce qu'il reste de mon bonbon.
— De toute façon, tous les verts sont proscrits, comme on faisait sur les bateaux, avant, parce que ça portait malheur.
— Et au théâtre !
— Sur les bateaux, au théâtre... Et on n'en faisait pas tout un fromage.
— Tout un fromage.
— Bref, c'est symbolique. Ça ne mange pas de pain.
— On ne peut pas avoir le beurre et l'argent du beurre.
Sur ce, il m'a tendu un café que j'ai touillé avec la touillette en bois que j'ai toujours dans mon sac.

Pages 5 à 13, texte de Fanny Taillandier paru initialement sur le site de *Lundi Matin* (lundi.am).
Pages 33 à 45, crédits photos : Cécile Dazord, Quentin Faucompré, Christophe Giudicelli, Laurence Lemaire.
Pages 50 à 52, récit de Loïc Sécheresse paru sur le site lesjours.fr le 1er juillet 2023.

Direction éditoriale : Quentin Faucompré, Thomas Ragon, assistés de Lara Benattar
Conception et réalisation graphique : François-Xavier Delarue
Impression : Corlet Imprimeur à Condé-sur-Noireau
Dépôt légal : octobre 2023
N° 154995 (23060458)
Imprimé en France